나를 사랑하는 시간

지혜사랑 261

나를 사랑하는 시간

김군길

지혜

서시

가는 길이 때로 지치고 벅찬 이유는
나라는 소우주를 꼭 안고 가기 때문이다

유독 내 앞에 여명의 시간이 길어지고
누구나 백년길이 자주 외로워지는 이유는
나만의 특별한 길이기 때문이다

사랑 그렇게 힘든 사랑을 연민 가득 보듬어 가야하는 이유는
사랑만이 유일한 빛의 열쇠이기 때문이다

2022년 12월
김 군 길

차례

1부
나를 사랑하는 시간

2부
나는 꽃이다

3부
주고 싶은 말

4부
세상이 더 아름다워졌으면 좋겠다

5부
시인의 길

1부
나를 사랑하는 시간

• 일러두기

페이지의 첫줄이 연과 연 사이의 띄어쓰기 줄에 해당할 경우 > 로
표시합니다.

나를 사랑하는 시간

수많은 안녕을 가졌다

남은 안녕은 몇 개 되지 않는다

받아든 이름만큼
백색소음 헤매던 날들

울고 웃던 광휘들은
기억 너머로 흩어져갔다

그래도 안녕이 좋았다

지금 가진 몇 개의 안녕이
얼마나 나를 환하게 하는지

이제 오랜 상념의 징검다리 위를
귀밑머리 희끗한 햇살이 고개
끄덕거리며 건너간다

고맙다는 말

전혀 생각지 못했던 이의
'고마워'라는 말이 어깨를 탁, 칠 때
처음엔 한 방 맞은 듯 멍하다가
잠시 몸 곳곳에 쏴아 ―
하는 물살이 밀려든다
그렇구나 고맙다는 말
외진 절벽에 폭포수가 쏟아지는 말이었구나
메마른 가지들이
햇살 지저귀는 시냇물을 만났구나
산다는 것 그저 황태껍질만 같다 해도
돌아보면 의외로 촉촉한 날 많았구나
산다는 것 골다공증처럼 비워가는 것이라 해도
그 빈 곳곳
고맙다는 말 깨알같이 숨어있어
흔들리는 순간마다 고맙구나

그리고

'그리고'는 단지 접속사지요

그 무게는 가볍지만

우리에겐 꽤 오랜 생활의 법칙이랍니다

아내는 '그리고'로 자라나는 하루를 좋아합니다

'그리고'에 피어나는 미소를 매우 즐깁니다

나는 가끔 '또는'이란 행동으로 아내를 화나게 하죠

직장생활을 핑계로 '또는'을 주장합니다

새벽 4시경 비틀거리는 '또는'이 문을 두드리기도 하지요

'그리고'와 '또는'은 어느 지점에서 함께할 수 있나요

결혼 30년 정치적 협상 끝에

많은 '또는'이 '그리고'를 수긍했을 때

아내의 잔소리는 나비처럼 팔랑거립니다

'그리고'를 닮아가는 '또는'의 얼굴에서

환한 오솔길이 솟아오릅니다

그리고 당신은 가을하늘처럼 빛납니다

부녀 女父

아빠를 빼닮은 분신이 무릎을 베고 누웠다

가르릉 단풍햇살 코골이가
세상 태엽을 모두 풀어놓자

어깨 토닥거리던 산그늘이
살며시 윗옷을 벗어 덮어주었다

꿈 깊이 팔랑거리던 나비들의 춤은

지천에 꽃향유를 피워냈다

가족 2

코알라만한 별 둘이 킥킥킥
깔깔깔 거실 바닥을 뒹군다

사각거린다

빨래 널던 엄마별이 눈 흘기며 지나간다

사각거린다

사는 것이 뭐 별 것인가
서로 사각거리며 가는 것이다

인연

어느 순간 두 눈을 빼앗겨
30년 이상 네 손을 잡고 왔다

때로는 괜찮았냐고 묻고 싶었지만
바램은 늘 나비 같다

어느 행성에서도 완벽한 모습의 생이란 없다

너와 함께 걸어온 길이
흐드러지게 피어난다

그냥 오래 따뜻했다

아이쇼핑

열 개의 근심이 지나간다
백 개의 마이너스 통장이 지나간다
천 개의 떡볶이가 지나간다
만 개의 로또복권이 지나간다
누구나 화려한 쇼핑으로 하루를 장식하고 싶지만

오늘 조그만 행복 앞에
줄 서 기다린다

늘 아이쇼핑은 뜨겁다

숲

숲엔 혼자인 마음이 다녀간다
분노조절장애를 앓는 발자국이 서성인다
깨지고 후들거리던 다짐도 수시로 떠난다
이제 멈추어야할 시간이 있다
반짝이는 그늘에서
깃털을 다듬는 새처럼
의연한 벤치의 리듬을 찾아내야 한다
쉼표 없는 영혼들에게
굽이진 길마다 빈 기름통을 채워주는
파릇한 호흡들
누구는 그 연민을 하나씩 채워
다시 세상길로 나선다

강에게

지금까지 흘러온 자리가
세월 전부인 모습이라고는
말하지 말자

때로는 역류하고픈
포화泡花에 영혼을 떨지라도
생긴 대로 지나온 만큼
네 물길이 있는 것

코스모스는 코스모스대로
저어새는 저어새대로
서로 흘러오고
흘러가는 것을

이제 앞으로 다가올 날
어떻게 사랑해야 되느냐고
격한 여울되어
괴로워하지는 말자

구태여 화려한 유영은 아니라도
네 잔잔한 물길 속에 반짝이는
물고기 비늘 하나도

감사한 모습인 것을

지금 흘러온 자리가
내일 전부인 모습일 거라고
제발 자책 가득한 소리로
흐르지는 말자

매운 날

청양고추 한 조각이 혀끝을 잘라가 버렸다

혀가 잠시 차원을 이탈하여 독한
외계의 중력을 만났던 것

이 중독성 맛을 위해
숙수들은 국물 속에 단칼의
번갯불을 감춰두었던 것

하느님도 내 생의 국물 맛을 위해
꼭 고통 몇 조각을 풍덩
넣어주신다

허어, 이 맛에 사는 것이다
라는 말은 위선 같아서 어디 안 매운
생의 국물은 없는가

그래도 가뿐히 제 국물 한 사발 벌컥
들이키고 일어서는 이는 환한 천사의
얼굴로 자리를 뜨던 것이다

비탈

사람들은 모두 저만의 비탈을 지니고 산다
그 비탈에 잡혀 울고 웃다가 한순간 어제를 떠나보냈던 것
온갖 근심에 휘둘리거나 무기력에 시달렸던 것
그렇지만 어느 한 순간도 존재의 이유가 있는 법
때로는 서로 다른 비탈을 만나 촛불 같은 사랑을 이루기
도 하고 지옥 같은 이별을 붙잡고 다시 일어서기도 한다
산다는 것 사람이 사람에 기대어 제 비탈을 넘는 것
늘 미완의 의미가 가슴을 숨 쉬게 한다는 것
언젠가 유성처럼 한 획 광휘로 사라질 때까지

A18

A 18이란 말은 흔히
피 흘리는 꽃이 침 뱉을 때
내는 말이다

다친 영혼이 벌거벗는 말이어서
그 말에 술 세 병 남짓을
홀로 부어준 적이 있다

별과 별 사이보다 더
아득한 말이어서

온 밤이 울퉁불퉁
굴러다녔다

아마 그 말의 뒤 끝을
끄떡없이 견뎌낸 인간은 전생에 분명
고을 하나쯤 구했을 것이다

산책

몇몇 새들이 숲의 생각을 가지고 논다

오월 언제부터 찔래꽃, 아카시꽃이 지저귀더니
오월이 가기 전에 밤꽃이 지저귄다

고단한 뒷주머니에 감춰둔
후회와 분노
숲그늘이 끼고 놀더니

뻐꾹 뻐꾹
끄덕 끄덕

아직 보듬고 사랑해야할 이유 같은
가지마다 실바람이 숲의
속내를 지저귄다

시가 사는 행성

나는 누구인가
나는 별이다* 천공을 질주하는 하나뿐인 행성이다

행성의 일생이란 詩라는 별의 주위를 공전하는 전율의 질
주다

늘 나를 행해 손을 내미는 풀잎들, 바람결들, 모든 숨 쉬
는 것들
아무리 삭막한 천체에서도 나의 시간은 포효咆哮한다 홀
로라는 존재를 손잡아 확인해야하므로

언젠가 행성의 기름이 떨어져 먼 은하에 불시착할 때까지
모두는 제가 품은 시를 향해 즐거이 자전하는 것이다

스스로 빛의 궤도를 이루어
서로가 별이 되는 것이다

* '헤르만 헤세' 시 제목에서 차용

가족

기댈 수 있다는 것은

눈빛 하나만으로
함께 한다는 말이다

기댄다는 것은
흔들리는 가슴과 가슴
엮어진 울타리처럼 함께한다는 말이다

자라나는 네 푸른 직립이
내 흔들림의 유일한 기둥이라고
세상을 견딘다

그런 믿음 속에서
너는 내 눈빛에 기대고
나는 네 기댐에 기댄다

기댈 곳이 있다는 것
쉽게 무너지지 않는
뿌리 깊은 체온을 키워

어디서나 당당히
홀로 설 수 있다는 말이다

꽃에게
─ I*와의 만남을 위하여

그대 앞에 서면
내 슬픈 휘파람은
향기가 된다

때로는 삶이란 태풍을 만나
흔들리는 빈 손 가득히
차오르는 햇살 한 줌의 이름으로
그대는 새 생명의 눈을 뜬다

그동안 두려웠다
내 가난한 영혼이 살아있는 노래
하나 가질 수 있었는지

그대 앞에 서면
내 가슴은
마디마다 곱게 부서지는
빗방울이 된다

하얗게 열린 귀와
어눌한 단세포로
풀잎이 품어내는 무지개 노래는

>

아침에 눈을 뜨고
세상 가득히 소금처럼 반짝거리는
존재가 된다

* 지금 아내에게 1986. 8. 11. 바친 연시

나는 꽃이다
2학년

나는 꽃이다

어느 곳에서
어떤 모습으로 피어나도
나는 꽃이다

비바람에 몰리고
숨 쉬기조차 힘들 때에도
포기하지 않는 내내
나는 꽃이다

축복 받은 마천루가 아니라도
뿌리 내린 곳에 뜻을 세우고
힘차게 가지를 뻗는 순간
나는 꽃이다

누가 세상을 구분 짓는가
누가 세상을 뛰어넘었는가

꽃은 꼭 이름 높은 꽃만이 아니다
제 영혼의 향기 힘껏 노래할 때
꽃은 꽃다운 꽃이다

너는 꽃이다

세월이 가진 흉터
그렇게 아름답지 않아도 좋다

그래도 필 꽃은
어떻게든 피어난다
어디서든 세상 곁에 자리한다

늦음이 때론 빠름보다 뜨겁다

누구나 축복받은 세상을 가진 것은 아니어서
제가 힘들게 들어선 자리
흔들리고 뒤틀려도
소망의 불씨 놓지 않는다면
꽃은 언젠가 당당히 피어난다

늘 큰 강줄기에 머무르고자 한다면
뭇 안개의 이름조차
강물을 노래하게 된다

그렇게 피어난 꽃은
화염보다 더 휘황하다
어느 겨울보다 달콤한 꿀을 품는다

＞
네가 어떤 꽃인지
간절히 묻고
또 묻는 순간부터
유일한 존재의 꽃이 된다

바람도 들판도
네 꽃 하나로
흔들린다

꽃망울 악보

찰칵 찰칵
하고 너를 깨울까

파−아−앙
하고 너를 터트릴까

그건 사랑할 줄 아는 이
오랜 겨울 스케치

팔랑 팔랑
후드득 후드득

어느 봄밤이 내내 가슴에
뛰어드는 소리

꽃잎소리

이런, 실바람이 문지방을
까치발로 넘어와
메마른 방 안에
몇몇 꽃잎의 소곤거림을
순간 부려놓았습니다

허, 인연이란 말의 편린이
채 여물지 못한 시간들
분홍빛 상념을 온통 헤집는
사이

눈썹 찡긋거리던 환한
꽃잎의 생각들이
쿰쿰한 오두막 적막을 온통
씻어내고 있었습니다

목련을 스포하다

밤새 목마른 적막이 깎아놓은
새 날개 모양 조각품일 꺼다

어쩌면 여러 영혼 속 꽃잔
또는 불꽃을 형상화한
날개 접은 비행선일 수 있다

아니면 오래된 염원이
사-라-랑 피워놓은
3월 신기루는 아닐까

만약 그대가 내내 기다려왔던
한 때의 발화점을
뻥튀기처럼 터트리려 한다면

그건 어쩌면 사레든 나무들이
몰래 눈물 찍으려 꺼내든
구름손수건일지 모른다

할인된 생

늘 할인매장 근처를 배회했다

신상품 코너는 아이쇼핑으로
무신경의 가면으로 비켜갔고

아이들이 커갈수록
점점 지출해야 할 목록은
먼지 낀 재고처럼 쌓여갔다

그래도 소소한 행복은 자라났다
아무리 순수의 자리가 왜소해져 가도
우리 중심에선 착한 이야기들이
하나 둘 살아남았다

작은 기쁨이라도
할인된 만족이라도
참숯불 같은 웃음꽃은 피어나서
일용할 양식이 되었다

마냥 유리지갑으로 지켜온 울타리였지만
생기발랄한 행복의 새싹들은
어느 정원보다 푸르게
자라나고 있었다

그냥*

세상이 안달이 나 서로
지지고 볶을 때에도
내가 가진 가장 한미하되
꿋꿋한 말

누가 알아주지 않아도
같이하지 않아도
끄덕끄덕 혼자서
자라는 말

누구에겐 영양가 하나 없는 헛것 같아도
공기처럼 마시지 않으면
못살겠는 말

남몰래 길러온 그 가슴
그 설렘은 쉽게 죽지 않는다고
무심코 툭,
던져오던 말

너에 기대어
내 오랜 서성임은
미지의 꽃잎을

꿈꾼다

기다림 속 나는 언제나
꽃 피우고 있다

* 시 블로그(황소) 네임 '그냥'에서 차용

퍼플교

막연한 기대에 부대껴 달려왔을 것이다
아니면 60칸 난간을 아스라이 건너는
여인의 목마름인가

내 마음 틈새만큼

오직 보라
그것 밖에 모르는 섬을
끌고 나타난
다리

먼 광휘도 같고

뜨내기 구름
무소유도 같은

한 때 갯벌이
두엇 갈매기 울음 짊어지고
휘적휘적 건너가는

한 획
적막만이
불타는 다리

* 전남 신안군 완좌면의 안좌도와 각각 반월도, 박지도를 연결하고 있
  는 다리. 보라색 다리로 유명함

안개 속에서

아무 것도
쉬이 찾을 수 없었다

아무 소리도
응답하지 않았다

깜박거리는 갈증만이
묵언의 길을 열었다

어떤 환장의 빛들이
그댈 불러 세우는지

저린 발걸음만
풀잎 이랑을 지었다

어떤 섬광도
어떤 절벽도

그댈 향한 먹먹한
길 뿐이었다

가을에

가던 길 멈춰서는 때가 있다

그냥 덜∧컹
본다

뒹구는 낙엽의 이름들
제 숨소리 꼭 움켜쥐고 있다

아름다움을 찾아 서둘렀으나
작아진 웃음만이
바랜 바람에 스며든다

완성되지 않는 빛남은
뒤안길을 서성이다 흩날린다

많은 순간을 달려왔으나
기다림은 아직 정류장 옆에 멈춰 서있다

세상을 잠시 멈춘다
아름다움도 잠시 멈춘다

커피 한 잔을 적셔오는
늦은 시간들 그냥
따뜻하다

기다린다는 것

대책 없이 가만히 서있자는 것은 아니다

너를 향해
네 쪽으로
한 발짝씩 다가서는 것이다

어떤 이유를 이유로
외롭게 멈춰진 시간들
한 마디씩
꽃의 키를 늘리는 일이다

이루어짐은 꼭 어딘가에
자리매김할 것은 아니다

너를 향한 시간은 언제든 빛난다는 것
그 길목은 스스로 늘 환하게
타오른다는 것이다

그렇게 가진 길 위에
무릎걸음이듯 은혜롭게
애타게 끌어안듯
향기롭게

삶이 시간을 멈추는 것이다

우리 어떤 생명이든 장하게 버티는 를

>

낙엽이 살아가는 방법

하늘 직장에서 퇴직한 잎새들이
제 세월 바알갛게 익은 얼굴로
지상의 계절에 내려와 앉는다

그들 연륜은 어떻게든
오랜 보도블록 연혁 위에
까치발걸음 하나 만큼
같이 하는 것

지난 과정과 결실
형형색색의 이력은 지나가는
바람의 품에 맡겨 두는 것

가슴 밑바닥까지
다시 가난해지는 것

서로 다른 여러 궤적
여기저기 풀어
새 길을 단장하는 것

덧칠된 여백의 시간들이
길거리 화단처럼 조화로워지는 것

\>

때로는 아찔한 현기증이
바랜 벤치의 추억처럼
바삭바삭 말라가도

갓 구운 붕어빵 같은
따뜻함에 기대어
또 한 시절
함께 서는 것이다

꽃의 시간

어둠이 깊을수록 스스로 밝아지라
어떤 어둠을 살라 꽃을 피워내는지

어둠에도 때가 있는 법
어둠을 설계하라

머지않은 여행을 준비하는 정류장처럼
꽃의 시간은 다가온다

순간순간 기다림에
초조함조차 누려라

어떤 개화의 모습일지
갈 길 하나씩 깨워두라

마지막에도 길은 있고
이 또한 지나가리라*

* 유대교 문헌 미드라쉬에 다윗왕의 반지 일화와 관련된 문구임

시를 끓이다

때로는 어느 오후와 함께
차를 끓이는 일은

너와 나 사이 후드득 지나가버린
빗소리를 끓이는 일

함박눈이 펑펑 쏟아지는
창밖을 끓이는 일

머―언 발자국
한숨 개수만큼 넣어
묽어지는 풍경 너머를 아른아른
끓이는 일

일곱 빛깔 후회가 끓다가도
그만 알싸한 끄덕거림을
모락모락
마시는 일

너를 향한 시간은 언제나
오래 삭힌
가슴을 끓이는 일

낙엽의 사랑법

버려진 화투짝 같은 낙엽의 허리를 밟는다
바삭바삭 뼈마디를 밟는다
밟는다는 것은 가학적이고 한편 애틋한 일이나
오늘 날씨 무게만큼
허리를 가만히 밟아준다
그녀 몸은 구석구석 소리 질렀으나
아직 식지 않은 간절한 체온이 발바닥을 감싼다
그녀 몸짓은 위태롭게 곁을 늘려
내내 애잔하고 아득하다
발바닥이 뜨거워진다
식어버린 세포마다 연민이 차오른다
빈 뼛속을 건너오는 그녀의 난곡선
지긋이 구부러진 나를 펴준다
온전한 하루를 건네준다
그래 결국 언젠가 함께 눕는 생이
서로를 위로하고 다독이는 일이라면
지금은 지극한 눈빛 가득
빛의 하모니를 깨우치는 일이다

느림을 가지다

모두들 척척 앞서가는 모습인데
나만 몸서리나게 뒤처져있다

그래도 간다

달팽이의 질주 또는
헛웃음

노력을 짓이기는 막막에게
포기할까 독백들이
느리게 간다

목이 잠기고 허파가 불붙어도
한 땀씩 간다

때로는 지진에 휩쓸린 것처럼
뒤틀리는 나아갈 길

느림뱅이 내 행성의 궤도는
길어지고 단단해진다

이제 새롭게 다가서는 낱알 같은 시간들

즐거이 함께 가야 하리라

느림이란 통증에는
설렘의 설계도만이
묘약이다

높고 깊은 신음 소리
3화

주고 싶은 말

좋은 말은 화려하지 않네

가슴으로 쓰는 궁서체
'아—'하는 울림 하나면 족하네

착한 척 하지 않네
멋진 척 하지 않네

누구 곁에나 투명하게 내려앉네
생애의 냄새가 짙네

위선적이지 않네
아픈 척하지 않네
비어있지 않네

는개처럼
젖어드네

초가을

바람의 웃음을
우리는 꽃이라 부른다

사람의 꽃을
우리는 행복이라 부른다

목마르다는 너의 말
가을이라 다독인다

시러움을 민나는 방식

내가 부족해서만은 아닐 것이다

천재가 아니었거나
운이 없어서도 아닐 것이다

위로 받을 필요가 없다
기죽지 않아도 좋다

바람 몰아치는 언덕
누군가는 지켜 있어야할
방풍림처럼 자리할 뿐

부서진 보도블록 사이
누군가는 채워 주어야할
민들레처럼 자리할 뿐

아무런 이유도 없이
척수 끝을 관통하는 서러움은
처음과 끝 그 무엇을 위한
내가 만나는 가장 아름다운 방식일 것이다

미리내를 보다

어느 대폿집에서
술의 시간이 눈을 뜨면

우린 비로소 별이 된다

서로 흉부에 감춰둔
벌떼 같은 우주선 날려 보내곤
별의 강을 건넌다

모든 시름, 부적응이
은하의 서사가 되어
성운을 피워낸다

그동안 온갖 중력에
찌그러지고, 구부러지고, 납작해진 혜성들
족쇄를 풀고 당당히 날아오른다

그래 원래 우린 성족이었어

스스로 껍질을 깨는
눈물 닦인 별들
가슴의 강이 된다

파이팅

풍암저수지 둘레길을 걷다가 우연히 마주친 이가
수줍은 말의 공을 툭 던집니다
파이팅
갑작스레 받아든 말의 공
전혀 모르는 이 인데 왜 그러지 한참 기억을 뒤집어 봅니다
그 뒤로도 가끔 마주치는 파이팅, 그이를 여전히 모르는 채
그저 목례를 나누는 사이가 되었습니다

부끄럽게 나는 아직 아무에게도 파이팅이란 공을 돌려주
지 못했습니다
가끔 매운 계절을 견뎌내는 장미가지나
얼어붙을 시절 거뭇해진 얼굴 물푸레나무에게
마음 한 구석만 툭툭 던져보곤 했습니다, 파이팅

이름 모를 호의
한겨울에 만나는 동백꽃 같아서
쓸쓸한 내가
초조한 나에게 꽃 한 송이 툭 던져줍니다
파이팅

사모

그대 앞에 부풀고 부픈 풍선처럼 툭
터지고 싶은 말

아무 것도 아닌 것처럼 서성이다
딱 한 번 창문 두드려 속삭이듯
도망가고 싶은 말

그렇게 그대에게 다가서는 것이
어렵고 힘들어도
늘 달려가며
행복했습니다

더 이상 잃을 것이
얻을 것이 무엇이겠습니까

수십 년 품어
후드득 창문 밖에
설레는 말

그대 향하면
즐거워서 따뜻해서
슬며시 피어나는 말

밑바닥에시

우연히 내려다본 길바닥에서 껌딱지 같은 한 생이 허— 조
그만 꽃길을 내고 있다

외면된 바닥에 대한 신념으로 억척스런 하루를 달리는
긍정주의자들 쇠비름, 애기땅빈대, 마디풀, 데레사수녀님,
어머니……

푸르른 하늘길이 바닥에 열려있다

높이에 대한 욕심이 없으니 높이에 대한 걱정도 없다

누구는 천국의 계단을 꿈꿀 때 얼어붙은 어둠의 체온부터
한 계단씩 끌어 올리는 바닥의 역사役事

나약한 편견 대신 뿌리 깊은 눈빛으로 밑바닥 행복길을
끝내 개척해내는 불꽃같은 바닥의 기적

오늘도 외진 밑바닥에 써내려간 눈부신 시 한 편 바라본다

우회로

수족관의 길에도 우회로는 있었네

스마트라* 힘껏 파닥이다
놓아버린

내 생은 그 사이 몇 번이나 굴절되었을까

그저 앞선 타인을 좇아온 맹목의 길

뒤늦게 서야 허둥지둥 저를 찾는 사람들
이제 어떤 결의가 되어
어떤 길로
절뚝거리며 가야하는가

고난도 행복찾기만도 아닌
스스로 횃불 치켜들고
밝혀 나가야할 동굴의 길

돌고 돌아
먼 은하 끝에 이를지라도
환한 웃음
환한 의미들이 왁자지껄한

>
그곳에 가난한 내가
가고 싶네

* 열대어의 한 종류

껴안다

울림 같은
시 같은
감사의 순간을 만나면
꼭 껴안게 된다

산다는 것 결국 제 생김생김을
껴안는 일임을
가장 따뜻한 순리임을

차츰 빛나지 않는 제 일상도 한번쯤 껴안게 되고
가난한 행복도 껴안아 주게 된다

늘 애타게 시를 만나는 일처럼
답답한 제 주위를 껴안고
번민으로 얼룩진 제 시간 껴안으면서
누군가 생의 악보는 완성된다는 사실을

사람이 하늘을 꼭 껴안다 보면
하늘도 사람을 껴안아 준다

여수행

불현듯 울타리가 없는
바다가 보고 싶네

힘겨운 소망도
스트레스도 훨훨 내던져 버리고
하염없이 찰랑대는 영혼의 무릎들
모여 앉은
바다로 가고 싶네

가진 모든 것 부족한 서러움
불안한 행복 가끔은 당당하게
해돋이가 뜨거운
바다를 만나고 싶네

아무리 겨울 찐바람이 칼칼해도
눈 떠보면 탁 트인 세상
후드득 기지개 활짝 편 애기동백과
영혼의 너울 만나고 싶네

사람 짠 냄새 처—얼썩 흘려보내고
바다에 대고
바다가 보라고

제 속 모두 뒤집어 낄낄거리다가
갈매기 되어 돌아서겠네

같이할 사랑 있으면 손 꼭 잡고
혼자라도 달달한 외로움 어깨동무하여
언젠가 하루쯤은
아무런 울타리도
좌표도 없는 바다의 침대 위에서

그저 너울 휘파람 소리만 깨워
안강망 따라
먼 한 점
등대섬
실루엣으로 남고 싶네

울음씨,

울음씨, 나는 네게 묻는다

척추 마디마디 출렁이는 울음샘은
누구를 위한 것인지

흰 벽에 갇혀있거나, 하회탈처럼 헤퍼 보이는 시간 뒤로
울음씨, 네 감춰진 본명을 묻는다

어떤 울음꽃 시간을 지나서야 행복의 열매는 열릴까
갓 구운 쿠키처럼 네게 묻는다

수많은 핏줄들이 개울을 이룬
울음씨 족보를 본다

어떤 울음의 강을 건너서야
폭풍과 벼락의 시간을 모두 견딘
고목 같은 노년을 만날까

호숫가의 오후

그날 햇살은 왜 그토록 달콤하게 부서져 내렸을까
우리 그때 사랑이 시작되었나 보다

설렘을 달달 볶아
물살 위로 바람 너머로
온갖 꽃말 띄워 보냈으나
이 나이 되도록 이룬 게 없다

이따금 낙엽의 발자국만 무심하다

세월도 그토록 가진 게 없어서
멍들고 가슴 태운
생의 얼룩들 이곳저곳 아프다

우리 사랑 너무 힘들었나 보다

아직 못 다한 시간들
저무는 바람 뒤를
좇고 또 좇는다

아프지 않는 슬픔

요즈음 아프지 않는 슬픔을 개발하고 있습니다

가슴 답답한 일상에게
이따금 독감처럼 찾아와 발열하는 병증이기에
모든 날이 가벼운 감기기운 정도로 지나갈
슬픔의 백신을 개발하고 있습니다

생활 바이러스가 지끈거리는
여러 시간대에서
가장 따뜻한 후회로
가장 씩씩한 긍정으로 삭혀내는
슬픔의 DNA란

오랜 통증의 혈장 속에서
농익은 기다림 같은
쓰디쓴 연민 같은
항체를 추출해 내려고 합니다

세상에 아프지 않는 슬픔이 어디 있겠습니까마는
어떤 소망 밖에서도
어떤 의지 밖에서도
한 때의 홍역 같이 열꽃 가득히
사랑의 면역을 가진
슬픔을 개발하고 있습니다

포개진다는 말

흐린 창이 저무는 꽃잎에 휘날리네
떨어진 꽃잎 위에 또 다른 상아빛 꽃잎은 쌓여
겨울정원을 이루네

차갑게 떨리는 내 가지 위에
네 손이 지긋이 덮어올 때
차락차락
언 가슴 녹여주는
포개진다는 말

얼마나 많은 허공을 헤매어
너는 이 손을 갖게 되었을까
어떤 시간을 삭혀
냉혈 속 한 가닥 온기를 키워냈을까

아직도 흔들리는 내 창 위에
겹겹이 언 허공을 쓰다듬어 오는
휘몰아치는 바람 안타까이 다독이는
이 어둠 다정한 손길을

아차, 하는 순간에 덮어주고
포기하는 순간에 붙잡아주는
포개진다는 말
이 안도를

폭설

허공 캔버스에 날개흰곰팡이
자국 한두 개 찍히더니

급속히 퍼진다

사락사락

요란한 불빛과 질주의 소리 지워진다
스스로 체온마저 삼켜버린 신호등이 운다
버릴 수 없는 점멸의 무게
어디로 가느냐고

실핏줄까지 드러낸
날개흰곰팡이 떼가
메뚜기 영혼처럼 몰려든다

눈과 귀 추억의 밑바닥까지
치매처럼 모든 것 지워버린
여백餘白의 세상

차락차락

>
너를 위한 독백의 시간마저 다 건너면
우린 빈 페이지로 일어서야 한다

사랑의 시작과 끝 모두
날개흰곰팡이 속울음 너머로
밝아온다

첫눈에게

못난 마음일수록 깊고 뜨겁다

겨울 뒤란에 파묻은 고백들은
한 번도 울지 않았다

펄펄
시절은 쌓였다

후회 아닌 것들
견고했던 것들
가끔은 갈대의 휘파람 뒤에 숨어
몰래 뒤척이곤 했다

쓸쓸이 펑펑 웃다가
스카프처럼 날린다

우리 축복했던 시간들
첫 순수
첫 그리움이 되어
네게 다시 피어나겠다

아무도 없는 곳에서
누구도 놓아버린 곳에서

어둠이 꽃잎처럼 내리면
사박사박
네가 다시 피어나겠다

4부
세상이 더 아름다워졌으면 좋겠다

한 잎의 소원

내가 한 발 더 디딘 땅이
내가 한 잎 더 보탠 길이

세상이 더 아프지 않았으면 좋겠다

아무리 노래해도
쉬이 바뀌지 않는 이야기들

그 앞길에 한 발
그 뒷길에 한 잎

작은 물음표 같은 한 발
작은 느낌표 같은 한 잎 더해

세상이 더 아름다워졌으면 좋겠다

꼰대

꼰대라는 말은 백과사전에서 자기의 구태의연한 사고방식을 타인에게 강요하는 이른바 꼰대질을 하는 직장 상사나 나이 많은 사람을 가리키는 말이라 하였네

그래 절대 나는 그리되지는 말아야지 어떤 게 가장 곱게 늙어가는 방법일까 많은 생각이 있었으나
아무래도 현실에서 실천하기는 쉽지 않은 말이었네

그러다 보니 세상이 아무리 바뀌어도 힘 있고 지위 있는 자리일수록 여전히 꼰대들이 많다네
늘 자신에겐 관대하나 타인에겐 인색한

꼰대가 가장 두려운 점은 자기만의 잘못된 소신으로 '나 때는 말이야' 몰아치듯 아래 직원 피를 말리는 일
그러다 일이 잘못되면 남 탓으로 적반하장 화내는 일

꼰대질이 줄어들수록 살기 좋은 사회라네
설마 나는 아니겠지 무게 잡고 내려다보는 바로
네가 꼰대라네

119

삐용 삐용
머리끝을 잡아채는 소리
서 있는 모든 팔에
가시가 돋는다

제 소리에 쫓기는 구급차가
전혀 가늠할 수 없는
흑성 너머로 사라지고

어디선가 하얀 풀씨들이
'으앙' 하며
터져오른다

아직
나 쁘 지 않 다

잃어버린 만남

세금쟁이인 나와
납세자인 당신이
어느 날 시소 끝에 마주 앉아
서로 깊어진 가을을 만나고 있었어
라이너 마리아 릴케의 시가 흐르지 않는

당신이 제멋대로 소망의 나무에
손때 묻은 손수건 한 장 한 장 내다 걸면
나는 자판기 커피 한 잔의 웃음으로
당신을 바라보고 있었어

당신과 나 사이
이해되지 않는 의미와 몸짓이
떠가는 구름처럼 자막으로 흐르고
멀지는 않겠지만
결코 가까워지지 않는 시소 끝에 앉아
서로 잃어버린 계절의 크기만큼
북어 껍질 손등에 늘어나는
비늘의 숫자를 헤아리고 있었어

순금의 참새가 날아오르는
해맑은 들판의 만남은 아니었어

억새꽃 드문드문 자라나는 귀밑머리만큼
법과 산술적인 정치경제가 끝나고
저만치 가랑잎 부스럭거리며
돌아서는 뒷모습 너머
계절에 밀린 캐비닛과 책상이
저잣거리 쓰레기처럼
휑하니 뚫린 가슴에 나뒹굴고 있었어

고시원

이대로 끝물은 아니겠지

평생 뼈 빠진 대가로
두어 평 남짓
도시 외곽 섬에
불시착한

막장 같은 미로와
침묵만이 진리인
이곳

한 때 추억만이 유일한 안식인
화재사보다 실직의 날이
더 살 떨리는
한숨의 창 쥐구멍만한

바다가 없는 섬
모든 애증이 수평선을 이룬
바다가 유일한 섬

노숙의 문턱에서
비몽사몽 투명인간들이

뻐꾸기가 훔쳐간 오월

아무래도 풍암저수지 오월은
오랜 장미의 소리를 앓는다

오월은 이미 바랜 봄의 한 소절이겠지만
사람 같은 연민을 가진 이는
치유의 새 맑은 지저귐에
옷깃을 적신다

그때 산화된 시간들 지난한 먹구름이 되고
다치고 쓰러진 초목들 뒷말에 할퀴고 씻겨
그렇게 가슴가슴 저수지가 되어버린 백일에
깊어진 산 그림자는 살아
빛고을 봄처녀 눈망울 같은
찔래꽃을 피워낸다

아무래도 뭇 어미 오열 깊이 묻어버린
꽃무더기 오월은
뻐꾸기가 훔쳐간 그때
탄식의 지점마다 이제 잊히거나
지워져버렸거나

사과는 없어도

용서는 해야 한다는
맘이 잊지 않게에서
시집 조차 헬헬랑 사락질다

물결
― 영화 「화려한 휴가」를 관람하고

그해 5월을 지나온 바람은
뜨거운 물결을 간직하여
울음꼭지 끝까지 차오른 금남로
가로수마다 오래 삭힌 물결을 간직하여

길거리가 앓아온 물결
풀벌레가 몰래 삼키고
다시 숨의 끝까지 차오른 시절
허파는 답답하여
아직 5월을 견디는
오늘의 숨소리 답답하여

길거리 우산들도 출렁출렁
물결을 간직하여
너와 나 아직 울렁울렁
소리 없는 울음들 아낌없이
물결되어 풀려나갔으면
오늘은 구름방석에 둘러앉아
가진 빗물 모두 티트려보자

사과 한 번 없어도 용서해야 하냐고
흉터 깊은 가슴마다 제 소리 삼킬 때

안쓰럽게 바라본 적 있냐고
아니 5월이여
총소리 신음소리 아득한 금남로에서
발 동동거리던 빗물의 피리소리 들어나 보자
뼈 아린 한숨소리 다독여 보자

꼭 다 차오르지 못한 물결이라도
출렁거리는 손을 얹고
그날 그때
어떤 목숨도
어떤 상처도 그저
한 줄기 바람되어 사라졌거니
앞으로 풀어나갈
용서의 날이 있다면
가만히 다짐해보자

똑바로 지켜 서보자
숨 쉬는 물결이여

이 썩을 놈

이 썩을 놈

어렸을 적 말썽 피우던 손위 형을 보며
아버지가 가끔 남몰래 내뱉던 말이다
다행이 아버지는 살아생전
이 말을 접으셨다

이제 내가 여러 기사를 보고
정치질 꼰대질을 보고
가끔 심장 너머로 뱉어내다 삼킨다
이 썩을 놈들

살아생전 나도
꼭 이 말을 접고 싶다

독도

어느 푸르름에 사나

어느 목마름에 사나

아무리 눈 먼 왜적들이
짐승처럼 가슴을 후벼도
마른 총성을 울려도

오랜 뼈아픔보다 더 큰
어느 푸르름에 사나

네 등뼈는
눈물 없는 조국

어느 영혼을 들고
어느 푸르름에 사나

절규
― 촛불 바다를 바라보며

모처럼 도서관에서 만난
뭉크에게 들었다
사는 것이 비명이더라고

만성 중이염이 가진 뿌리 깊은 통증이었다
자폐증을 탈출하려는 몸부림이었다
사는 게 사는 것이 아닌
죽어야만 사는 소리였다

통곡의 바다로 침몰하는 여객선을 바라보며
영혼을 루시퍼에게 말아먹거나
생때같은 목숨을 대책 없이 방기한 이를 향한
뜨거운 뿌리의 소리였다

어둠의 꽃잔치는 도대체 언제까지일까
루시퍼가 감춰온 밀원의 비밀은 무엇일까
내 촛불은 양심이 타오르는 비명이었다
내가 가진 유일한 무기였다

더 이상 시가 욕설로 끝나기 전에
내 지옥을 뭉크는 촛불의 함성으로
뚫어주었다

투신

오늘은 찬란하게 죽어버리자고 엄동의 하늘에서
어둠을 감춘 풍암저수지*로 구름의 실핏줄들이
뛰어내린다

한 번쯤은 대한늬우스**속 화려강산 만나보리라고
얼어붙은 몸일망정
온갖 서러움 다 껴안고 가야 되지 않겠냐고
뛰어내린다 마지막 반짝임 하나까지 뛰어내린다
마침내 꿀벌스런 행복이 만발한 세상
가는 길 밝혀두자고

내가 죽어야
쪽빛으로 열리는 하늘
자책의 현수막 펄럭이며 지난 시대적 오욕을
수많은 촛불의 몸들이 뛰어내린다

이제 그만 이 나라 핏줄들은 아름다워져도
되지 않겠냐고 바람이 삼킨 통증들이
목멘 합창들이
캄캄한 세상 속으로

깃털처럼 뛰어내린다

* 광주광역시 서구 풍암동에 소재하는 호수공원
** 1953년~1994년(주로 군사정권 시절) 매주 정부가 제작하여 영화
　　관에서 상영했던 영상 보도물

평범의 문제

세상 살아남는 방식에 대한
치명적인 오해의 문제 같다

나는 왜 늘 허약한가

상대의 문제인가
절대의 문제인가

이 우주에 하나 밖에 없는 그대여

왜 타인의 허상에
늘 비교당하며 사는가

계단에서

하루
수레바퀴 아래
내가 나임을 부둥켜안고
행복 오르기에 지쳐있을 때

높고 낮은 세상이
정글처럼
생활 울울한
계단에서

오늘 몸을 팔아
해거름녘 길어진
귀가의 초상

때로는 통속에 부대껴
인간 오르기에
내가 나임이 흔들릴 때
내가 나임을 놓고 싶을 때

우선 살아남기로
계단 위에 얼굴 묻으면

\>
올올이 발광체의 통증으로
다시 시작되는
또 하나 수레바퀴

양심에게

타인의 고통을 모르겠거든
차라리 침묵하자*

이웃을 사랑하라는 성현 말씀이 아니라도
거짓뉴스에 네 인격
네 영혼을 파는 일

아무리 한 때 이익이 달콤해도
한번쯤 박제된 양심에 물어
침묵하자

아무리 편향된 철학과 아집에 눈멀었어도
인간의 인간 같은 인간성에 손을 내밀어
침묵하자

온갖 온라인의 익명에 숨어
뼈아픈 사람들 상처 헤집거나
명예살인하는 행위 그만
침묵하자

아무리 비양심이 양심보다 더 당당한
가면의 시대라도

>

네 허상에 한번쯤 말을 걸고
제발 침묵하자

* 2018.4.19. 경향신문 삼풍백화점사고 생존자(아이디 산만언니)의
  기사 내용에서 인용

신문을 보면서

아침 신문을 펼치다 보면
막힌 가슴 뼈마디가 쑤신다

아직 박쥐같은 활자는 살아
가로줄과 세로줄 사이
어둠의 주문을 속삭이는데

내 가슴은 촛불을 켜고
진실을 뜨개질 하듯
한 땀 한 땀
읽어내야 한다

보통사람이 빨갱이로 둔갑했던
지록위마 궤변마다
그들 양심은 지문마저 지워버렸는지

창 밖에 서성이는 햇살들
완연해진 봄날을 본다

이제 청명한 호흡 가득히
아직 못다 보낸 어둠의 끄트머리를
부챗살처럼 활짝 펴보아야 한다

다시 4·16에 바란다

지난 날 비명처럼 침몰해 버린 그 배가
이제 모든 가슴에서 순항하기 바란다

한탄과 포기와 분노 대신
그래서는 안돼
또 한 번 다짐으로
함께 살아가야하는 승객들
같이
어떻게든 같이 순항하기 바란다

또 다른 비상식이
그날을 더 이상 울리지 말기 바란다

사랑까지는 아니더라도
조금의 이해
조금의 연민
조금의 참회로
가뜩이나 짠한 사람들 피눈물
제발 하나씩 지워가기 바란다

구호만 요란한 가면의 정치보다
진심으로 다가오는 양심이

함께
내일의 파릇한 승객들
함빡 웃음 가득한 항해로
이어지기 바란다

시어머니 칸

69

시인의 길

수많은 말의 성찬을 차렸으나
그대에겐 빈 콩깍지 같은 반찬뿐이어서
미안했다

때로는 지난한 상처를 깁는
바늘과 같은 소리가 되거나
가슴 밑바닥 일으키는
부리의 소리를 가지고 싶었으나

세상살이 허기진 그대에겐
불어터진 라면 같은 말뿐이어서
부끄러웠다

누구에게도 따뜻한 물 한 잔조차
되지 못하고 자폐아의 말처럼 어눌한
몽상가의 독백

토해내는 말 한마디 마다
간교한 혀를 가지고 싶었으나
그대에겐 마지못해 씹어보는
마른 칡 같은 말

결국 그대에게 나는
그저 그런 떠버리였을 뿐이다

양파의 마음

당신을 알고 싶어요

당신을 알아갈수록
쏟아지는 눈물에 주저앉게 되요

매운 울음 그 너머에 있는
당신의 마음을 알고 싶어요

당신은 간신히 한 꺼풀
속내를 보여줄 때가 있지만
비밀의 속껍질을 그렇게
아프게 벗어 보여주지만

여전히 내겐 아무 것도 보이지 않아요

미로 같은 당신 세상 속을
아무리 들여다보아도

눈물 같은 당신의 마음을 알 수 없어요

새를 바라보는 법

흔히 우리가 새를 바라볼 때

멀고 높은 하늘로 비상은 그려보아도
새가 가진 허공의 무게는 생각하지 않는다

우리가 새의 노래를 즐거이 찾아들 때
어느 높은 나무에 앉아 노래하는지는 보아도
어느 숲의 그늘에 깃드는지는 보지 않는다

그저 청아한 울음의 빛남에 감탄할 뿐
울음이 견뎌온 시간에 감탄하지 않는다

살다보면 새들도 싫은 나무에서 벌레를 잡아야 할 때가
있고
불안한 가지에 앉아 꿈꿀 때가 있다

오늘 화장한 얼굴의 화사함 뒤에서
민낯의 헛웃음이 글썽인다

늘 진정한 행복을 찾는다면서
행복의 뜻조차 제대로 알지 못한다

>
새들이 노래하며 비상할 때
그 자태와 광휘 뒤 새 울음이 건너온
길고 깊은 시간은 들여다보지 않는다

바람의 언덕
― 양산을 든 여인*

정처 없는 날이면 언덕에 올라 그녀를 본다

가난이란 수식어에 묻어버린 그녀 머리카락을 생각한다

이제 기억 속으로 떠나버린 손길과 오직 내 숨 속에 들끓는 눈빛과 시간의 경계에서 날개를 파닥이는 바람의 뿌리가 되어

햇살가닥 실핏줄처럼 퍼져오는 솜사탕바람이 좋아서 파라솔의 배를 타고 그녀가 온다

여기저기 몰려드는 표현될 수 없는 영혼의 몸짓들이 그녀 품속에 얼굴을 부빈다

자작나무 손가락을 가진 그녀 무릎에 나를 눕히고 스카프며 치마 주름 사이 묻어있는 내 눈물을 펴려한다

구름은 그녀 눈빛 속에서 오랜 어머니 품을 끄집어내고 그녀는 내 눈망울에 새겨진 간곡한 편지를 펼쳐든다

오로라가 숨 쉬는 그녀 시선은 끝내 시간의 바늘을 붙잡는다

>

그녀 입술 위로 열 겹 무지개가 떠간다

그녀 손가락에 숨 쉬는 것들의 맥박을 끼워준다

나의 눈물

나의 불꽃

젖은 시간은 그녀 볼을 스치듯 쓰다듬어 그녀를 위해 살아있는 모든 생명 위에 풀잎과 들꽃으로 쌓은 빛의 기둥을 세운다

언제나 쓰러지지 않는 이 언덕을 지나 나를 끌고 온 봄빛과 허공에게 묻는다

바람을 놓으면 그녀 숨결은 어디로 가는지 언제까지 그녀 그림자를 바라보게 되는지 아무것도 소유할 수 없는 언덕에서

사랑이여 나는 울지 않는다

* 클로드 모네의 작품으로 「산책, 까미유 모네와 그녀의 아들 장(양산을 든 여인)」(1875년)과 「양산을 든 여인」(1886년)이 있다.

색色의 선물

처처處處의 꽃들은 자신이 좋아하는 색을 좇아 피어난다
홑바람조차 분홍결 노랑결 파랑결
음유하는 생이 하늘에 물결친다
나도 그렇다 꽃처럼 나만의 색에 취해 피어난다
내 생의 끝을 어떤 색으로 물들일지 과연 치자빛으로 일
렁일지 오래된 나의 화두이다
지나가던 오목눈이 지저귐이 그럴 것이다
비린 햇살줄기를 씹던 깃동잠자리도 제 색에 대한 막막함
을 헤매던 중일 것이다
갈증이란 황금빛 욕망이 너에게서 나에게로 들불처럼 전
염되는 불치병의 병증
내가 자주 무모한 색에 물든다는 것 눈이 먼다는 것 가질
수 없는 색에 미쳐버린다는 것
안다, 색은 선물이자 지옥이라는 것을 누구에게나 불가
항력적인 색의 종점에 이르는 길이 똑같지 않음을 온몸으
로 보여줘야 한다는 것을
제게 주어진 선물들 목멘 설렘으로 탕진하면서 오늘도 갈
증의 임계선에서 날개를 파닥이는
꽃의 전율들

미소

그대 알 수 없는
그물에 걸린다

길치이던
청동잠자리
그대 해맑은 그물에
포획된다

돌이켜보면 내 시간들은
미로였다
백치였다

그대가 평생 쳐 놓은
그물에 뒤늦게
또 한 번 스스로 잡혀
박제된다

그대 함정은 징한
천년 늪이다

개망초

안개꽃보다 발랄한 개망초가 희디 흰 종아리를 흔들며 비탈진 동네 언덕배기 빨래를 널고 있네

찌든 고단에 늘 칙칙한 하늘 빨아도 어제는 좀처럼 깨끗해 보이지 않고 실핏줄 은어처럼 종종거리며 오늘은 어떤 바람을 다독여 하루 일기를 채워야 할까

고개를 흔들며 끄덕이며 빨래를 널고 있네

견고한 고용의 층계가 발목을 움켜쥐고 하루살이처럼 부끄럽게 하였으나 오늘도 가진 양지의 크기만큼 가벼운 콧노래로 구겨진 햇살을 펼쳐드네

밤이 되면 어떤 의미는 가슴으로 삭혀 어둠 속에 묻고 어떤 의미는 또 다른 밝음으로 충전해 내야 하는지 한 때 불면의 시간은 지나가고 사노라면 언젠가는 노자의 도에 가까이 다가서는 날도 있는 법 불현듯 가로등 불빛에 흘러드는 노래 한 자락이 날개보다 가벼워진 어깨춤에

개망초를 날게 하고 있네

연홍도

남녘 먼 섬이 부르는
막연한 설렘이 있어요
세사에 잊고 살았지요

남해 거금도 신양선착장에서
갈매기 날개 두어 짓이면
들어서는 섬

둘레길 합쳐 십리 남짓
내 인생의 키를 닮은 섬에
어떤 목마름은 찾아왔나요

지난 꿈과 행복
해맑은 벽화와 조형물이 하나 둘
풀어내고 있어요

밀려드는 온갖 물살 사연을 삼켜
다시 깨어나는 야생 미술관
봄꽃 속삭임이 소라 같은 섬

지나가는 몇몇 파도가
갈길 먼 오후를
불러내고 있어요

시간여행자

고흐의 밤도 그랬을까

압생트가 불러낸 어둠이 발작을 일으켰을 때 어떤 영혼의 빛깔로 화폭을 붙잡으려 했을까 가슴을 쥐어뜯는 불안의 통증을 어떤 다짐으로 달래었을까

숨 쉬는 제 순간들 어떤 무늬를 꿈꾸며 밤을 헤매었을까

우린 한때의 시간을 빌린 시간여행자 준비된 우연처럼 가족과 함께한 여행이 어떤 경쾌한 화보들로 채워져야 하는지 어떤 생을 탄주하는 악보를 만나야 하는지

그가 헤매던 해바라기 무덤에서 별이 빛나는 밤 사이프러스길 위에서
까마귀가 날던 밀밭에서 어떤 전율의 뿌리를 찾아냈을까

홀로 뜨겁던 압생트의 밤은 하늘이 내린 운명이었을까

층층의 시간들 민들레 풀씨처럼 터져 오르는 날 그대와 마주한 찻잔이 좀 더 향기롭기를 내내 담담한 얼굴로 여행과 담소하기를

>

  그때 노호怒號하던 슬픔은 느꼈을까 끊임없이 덧칠하던
붓끝에서 어떤 환상의 빛들이 쏟아져 미완성의 상처를 어
루만져주고 있었는지

백일홍 환상곡

매미가 엮어내는
촘촘한 소리의 차양 아래
그늘보다 조금 도드라진 곳
풀피리소리 그득하다

그 곁에 양털구름 몇 다가와
어머, 주황이네
청자빛 감탄을 피워 문다

꽃의 소리를 듣는 눈은
꽃이다

소나기로 달려온 시간들
이마에 찰랑이는 땡볕 잠시 내려놓고
제 속 깊은 소리 풀어놓을 때
야외음악당 푸른 화음에
아련한 유년이 일어선다

누가 조금씩 덜어갔을까
백 일째 묶어지는 풀피리소리
색색으로 매달린 허공이 숙성 중이다

이별을 묻으며

어느 날 병원 문을 나서며
내 영혼이 한 줌
재가 되었음을 볼 때

너를 위해 쌓아둔
마음의 계단에선
이제 네가 없더구나

각시풀처럼 돋아난
그리움을
가슴에 달아 주기 위해

점점이 꽃물들인
사랑, 그 벼랑에서
고양이 발자국처럼
네 생명의 문을 두드렸으나

네 웃음의 환상은
나를 분질러 놓고
떠나가고 없었구나

어둠이여

우리 이제 사랑으로부터
좀 더 멀리 남기 위해
무너뜨린 마음의 계단 위에

언제부턴가
달빛 젖은 네 목소리 다가와
상아의 피리처럼
보이지 않는구나
사랑이여

개망초가 있는 수채화
— 빈센트 반 고흐에게 길을 묻다

개망초가 활짝 웃고 있는 언젠가 휴지통에 구겨버린 수채
화가 있다

아무도 찾지 않는 오베르 여인숙 라부*처럼 혼자 울다 웃
다가 팽개쳐놓은 미완성 화폭이 있다 제 가슴 쿨럭쿨럭 뱉
어내곤 고뇌 한쪽마저 잘라낸 초상이 있다

나름 혼신의 끝물까지 토해내 붓질해보지만 살아생전 쉬
이 완성되지 않는

필생의 역작

생각과 생각 사이를 야무지게 덧칠하여 흔들리는 무명의
캔버스 위를 질주해 나가는 색채의 영혼들

개망초 붓끝마다 튀어 오르는 불꽃 새벽안개로 적시며

불면의 하늘 끝까지 휘몰아쳐보는 스스로 불타는 생이 있다

* 파리에서 35km 떨어진 작은 마을 『오베르 쉬르우와즈』에 소재하는
  여인숙 이름(고흐가 최후를 보낸 장소)

동화

전봇대 처진 어깨에 메마른 손을 얹은 담쟁이가 고개를 끄덕인다

각설하고 허물을 벗는 꽃샘바람을 향해 빨랫줄을 틀어쥔 낡은 외투가 끄덕이는 것과 같은 모습이다

멈춘 생각의 멍울들 횡격막 같은 시간을 붙잡고 돌아서있던 하늘도 '부도처리' 현수막을 매단 젊은 가로수를 향해 고개를 끄덕인다

매화나무 그늘에서 기지개를 펴던 햇살의 눈꼬리가 새처럼 솟구친다.

그렇게 가지마다 부풀어가는 시간들 하나 둘 모여들고 오후가 적막에게 마지막 떨림을 끄덕이면서 팽팽히 당겨진 도화선을 지켜보는 여린 가지들 출발선에 모두 나와

총알처럼 서 있다
두근 두근

고독

내 등뼈 어딘가에 알 수 없는 통증의 문이 있다 아버지
의 아버지로부터 물려받은 30년 이상을 같이한 아내도 눈
치 채지 못한 문이다 그 누구도 어찌할 수 없는 환상통의 문
이다

그 곳에는 유리 같은 몸으로 천년을 사는 여인이 있다 가
끔 철썩이는 먼 안개섬 갈매기 울음으로 깨어나거나 너덜
겅 굽이마다 흐느끼듯 억새꽃이 되어 노래하는

늘 도도하여 이슬처럼 투명한 여인

365일 부대껴도 열리지 않는 견고한 문 밖에서 탄식과
연민으로 지금까지 나를 키워준 여인

내가 가장 캄캄해질 때 가장 환한 울음의 품을 내미는

아내에게 미안하지만 지금도 아내보다 조강지처인 그녀
무릎에 얼굴을 묻고 내 실패는 자꾸 푸르러진다

독행

혼자다 무겁고 답답하다
겉도는 약속이 불편하다
오늘이 욱신거린다
혼자다 자꾸 타 행성 궤도로 밀리는 불안에
또 한 번 결의만이 답인가
포기하지 않음이 희망인가
쉼표가 바쁜 통장이다
혼자다 늘 계획표는 뜨겁다
그래도 가야만 한다
가는 길에 내가 있다

절창

긴 무명의 터널을 열창하는 가수처럼
여름 한나절을 완창完唱하는 매미가 있네

길가 느티나무 위는 네가 힘겹게 다다른
천상의 건널목

땅 밑 깊은 여명의 시간부터
결림 깊은 아니리*가 있었네

좌절, 설렘, 기다림, 모든 빛깔을 삭혀낸
세레나데 완창이 있네

너의 열창은 스스로 껍질을 깨는
폭렬爆裂의 과정

아름다운 세상이란
스스로 피어난 꽃잎들이
분수噴水처럼 제 생을 완창하는
순간에 있네

* 판소리에서 소리와 소리 사이 가락을 붙이지 않고 이야기하듯 줄거리
  를 설명하는 부문

성찰과 교감을 향한 시적 의지

김병호 시인, 협성대 문예창작학과 교수

성찰과 교감을 향한 시적 의지

김병호 시인, 협성대 문예창작학과 교수

시는 기본적으로 시인의 존재론적 기투企投 방식에 의해 얻어지는 문학적 양식이다. 하이데거나 사르트르 등의 실존주의 철학자들이 이야기하는, 현재를 초월하여 미래에로 자기를 던지는 실존의 존재 방식을 기투라 한다면, 우리가 읽는 모든 시는 이러한 과정의 산물이다. 흔히 시를 설명할 때 사용하는 '자기표현'이나 '개별발화' '고백적 양식'이라는 개념 역시 이러한 전제를 바탕으로 하고 있다. 시를 시인과 떼어놓고 읽는 독법도 없진 않지만, 적어도 한 권의 시집을 읽는 경우에는 자연스럽게 시와 시인을 유기적으로 읽어낼 수밖에 없다.

특히 독자가 시를 읽는다는 것, 우리가 시를 경험한다는 것은 시의 주체인 시인의 진술을 전제하고 있다. 세상의 모든 시는 체험시의 영역에 포함되며, 시는 개별 자아의 내면과 주관적 경험을 진술하게 된다. 시인이 그가 마주하고 있는 세상과 대상에 대한 감정적 반응을 통해 시를 형성하게 되는데, 시인이 견지하고 있는 삶의 가치와 방향이 이미 감정적 반응의 준거로 투영되어 있음은 주지의 사실이다.

따라서 시집『나를 사랑하는 시간』을 읽는 일은, 단순히 김군길 시인의 시 몇 편을 읽는 행위에서 그치는 것이 아니라 시인 김군길을 읽는 일이 될 수밖에 없다. 시인은 이미 이런 의미를 간파하였는지 시집 안의 시를 다섯 개의 부로 나눈 뒤, 각 부에 다시금 이름을 붙여주었다. '나를 사랑하는 시간', '나는 꽃이다', '주고 싶은 말', '세상이 더 아름다워졌으면 좋겠다' 그리고 '시인의 길'. 이것은 단지 시인이 그간의 경험을 통해 얻는 삶의 경험이 아니라, 사적인 경험보다 더 깊고 고요하며 더 강렬하고 명료한 세계를 얻기 위한 자아와의 싸움의 자세나 태도로 읽힌다.

김군길 시인은 자기 삶의 진정한 주인공으로서 스스로를 사랑하고 스스로를 꽃으로 호명하면서도, 세상에 대한 시선을 거두지 않는다. 시인의 길을 걸으며, 세상에 주고 싶은 말들을 다듬고, 세상이 더 아름다워졌으면 좋겠다는 소원을 품는다. 이것이 시와 시인을 함부로 떼어내어 읽을 수 없는 까닭이며, 우리가 오늘 김군길의 시를 읽는 보람이기도 할 것이다.

세월이 가진 흉터
그렇게 아름답지 않아도 좋다

그래도 필 꽃은
어떻게든 피어난다
어디서든 세상 곁에 자리한다

늦음이 때론 빠름보다 뜨겁다

누구나 축복받은 세상을 가진 것은 아니어서
제가 힘들게 들어선 자리
흔들리고 뒤틀려도
소망의 불씨 놓지 않는다면
꽃은 언젠가 당당히 피어난다

늘 큰 강줄기에 머무르고자 한다면
뭇 안개의 이름조차
강물을 노래하게 된다

그렇게 피어난 꽃은
화염보다 더 휘황하다
어느 겨울보다 달콤한 꿀을 품는다

네가 어떤 꽃인지
간절히 묻고
또 묻는 순간부터
유일한 존재의 꽃이 된다

바람도 들판도
네 꽃 하나로
흔들린다
―「너는 꽃이다」 전문

"늦음이 때론 빠름보다 뜨겁다"는 인식은 범상치 않다. "바람도 들판도/ 네 꽃 하나로/ 흔들린다"는 표현도 높은 차원의 인식을 보여준다. 시인은 사회적 자아의 그늘에 가려진 진정한 자아를 찾아 자신만의 고유한 의미를 부여한다. 이는 삶에 대한 긍정적 시선이 투사된 것으로 비루한 현실의 '너'를 넘어 진정한 자아를 찾는 여정을 응원하는 행위이다. 힘들게 들어선 자리에서 올곧게 자라지 못하고 흔들고 뒤틀려도, 그리하여 인고의 세월을 보내고 흉터를 갖게된다 하여도 "소망의 불씨"를 저버리지 않는다면 "당당히 피어난다"고 화자는 말한다. 그런데 우리가 주목해야 할 부분은 따로 있다. 화자가 요구하는 것은 단순한 세월의 인고가 아니다. 애써 참고 버티는 것만을 요구하지 않는다는 사실이다.

"네가 어떤 꽃인지/ 간절히 묻고/ 또 묻"기를 요구한다. 자기 존재에 대한 의문과 성찰만이 인간을 성숙하게 만들기 때문이다. 시인은 생의 욕구와 활력에 집중하고 있으면서도 실존에 대한 질문을 놓치지 않는다.

상처 입은 자아를 회복하고 삶의 의지를 강화하며 이를 뒷받침하려는 시인의 응원이 '너'로 하여금 진정한 자아를 찾아갈 수 있도록 한다. 그 시간이 고난하고 오래되어도 시인의 응원은 여전하다. 오히려 늦음이 빠름보다 더 뜨겁다고 말해준다. 시인은 오랜 시간동안 축적된 뜨거움의 휘황과 달콤함을 잘 알고 있다. 우리 또한 시인의 이러한 시적 인식이 오래고 깊은 명상과 성찰에 의해서만 가능한 것이라는 걸 충분히 알 수 있다.

대상에 대한 치밀한 관찰과 그에 기반한 새로운 인식의

획득은, 시인이 시적 대상과 자신의 자아 사이의 괴리를 최소화하고 자아와 동일화하려는 고투를 통해서만 가능하다. 당당하게 핀 꽃은 시인이 '너'에게 그리고 우리에게 보내는 응원이며, 시적 자아에 의해 독특한 의미를 부여받은 김군길만의 '꽃'이 된다.

하늘 직장에서 퇴직한 잎새들이
제 세월 바알갛게 익은 얼굴로
지상의 계절에 내려와 앉는다

그들 연륜은 어떻게든
오랜 보도블록 연혁 위에
까치 발걸음 하나 만큼
같이 하는 것

지난 과정과 결실
형형색색의 이력은 지나가는
바람의 품에 맡겨 두는 것

가슴 밑바닥까지
다시 가난해지는 것

서로 다른 여러 궤적
여기저기 풀어
새 길을 단장하는 것

덧칠된 여백의 시간들이
길거리 화단처럼 조화로워지는 것

때로는 아찔한 현기증이
바랜 벤치의 추억처럼
바삭바삭 말라가도

갓 구운 붕어빵 같은
따뜻함에 기대어
또 한 시절
함께 서는 것이다
— 「낙엽이 살아가는 방법」 전문

　시인은 보도블록 위에 떨어진 낙엽을 바라보며 시를 이끌어낸다. 거기서 시인은 '형형색색의 이력'과 '가난'을 읽어낸다. 단순히 낙엽을 '퇴직한 잎새'라거나 '벤치의 추억'으로 바라보기만 하지 않는다. 그는 눈앞의 관찰 대상을 자신의 고정관념 속으로 끌어들이는 것이 아니라 대상 안으로 스스로를 밀어 넣는 방식을 선택하고 있다. 대상과의 동화를 통해 긍정과 희망을 만들어낸다.
　관찰이 없으면 기존의 고정관념을 뒤집을 만한 발견과 인식은 이루어지지 않는다. 그런데 중요한 점은 그 새로운 인식이 또다른 상념을 이끌어낸다는 점이다. 시인은 하늘에서 지상으로 내려온 낙엽이 "새 길을 단장"하고, "길거리 화단처럼 조화"롭게 하며, 또 한 시절을 "함께 서는 것이"라며 긍정의 의미를 부여한다. 김군길 시인은 시적 대상과 자아와의 괴리, 혹은 그것들 간의 이질성에 주목하기보다는, 자신의 고유한 서정을 위해 시적 대상을 자아를 위한 존재로 위치시킨다.

그래서 이 작품에서 시적 화자가 보여주는 정서의 기본은 연민이 아니라 공감에서 비롯된다. 화자는 공감을 통해 우리를 '낙엽'의 위치에 서게 한다. 낙엽은 기본적으로 자기 본존과 연관된 공포와 고통의 양태이지만, 화자는 이를 한 걸음 앞으로 밀고 나간다. 이때 시인은 시적 화자와 시적 대상과의 관계에 관한 고정관념에서 벗어나 적극적인 의식적 협력의 차원으로 이끌어낸다.

이 작품에서 또 눈여겨 볼만한 지점은 김군길 시인이 자신의 감정을 처리하는 방식이 대단히 세련되었다는 것이다. 일반적으로 시인이 자연인으로서 느끼는 모든 감정이 시적 대상이 되는 것은 아니다. 그것은 오로지 시인의 선택에 의해서만 질료적인 것이 되는데, 시인이 상정한 시적 상황에서 가장 절실히 요구되는 감정은 대부분 공감에 속한다. 시인은 공감이라는 연결을 통해 시와 융합되고, 예술적 기쁨도 부여한다. 김군길 시인의 작품에서 공감은 항상 본능적으로 이루어지면서 이성의 어떤 추론보다도 선행하게 된다. "갓 구운 붕어빵 같은/ 따뜻함"이 시인이 우리와 나누고 싶어하는 진실된 감정의 공감인 것처럼 말이다.

흐린 창이 저무는 꽃잎에 휘날리네
떨어진 꽃잎 위에 또 다른 상아빛 꽃잎은 쌓여
겨울정원을 이루네

차갑게 떨리는 내 가지 위에
네 손이 지긋이 덮어올 때
차락차락
언 가슴 녹여주는
포개진다는 말

얼마나 많은 허공을 헤매어
너는 이 손을 갖게 되었을까
어떤 시간을 삭혀
냉혈 속 한 가닥 온기를 키워냈을까

아직도 흔들리는 내 창 위에
겹겹이 언 허공을 쓰다듬어 오는
휘몰아치는 바람 안타까이 다독이는
이 어둠 다정한 손길을

아차, 하는 순간에 덮어주고
포기하는 순간에 붙잡아주는
포개진다는 말
이 안도를
—「포개진다는 말」 전문

　이 작품은 앞서 말한 바와 같이, 김군길 시인이 추구하는 공감의 대표적 이정표가 될만하다. 인간은 기본적으로, 다른 이가 행하거나 겪는 거의 모든 것에 대해 냉담한 구경꾼이 되지 못한다. 특히 문학 작품에서 타인에 대한 개입은 공감의 형식으로 나타난다. 공감을 통해 우리는 다른 사람의 위치에 서게 되고, 여러 측면에서 그 사람이 느끼는 것을 그대로 느끼게 되며, 일종의 감정 대체를 경험하게 된다. 이러한 정서는 사회 일반과 관련된 것이든, 특정한 형태의 관계에서 비롯된 것이든, 무엇이든 가능하다. 특히 시인은 이러한 공감의 능력을 독자에게 전염시킬 수 있고, 감정의 재현을 통해 고차원의 기쁨으로까지 이끌 수 있다.

"떨어진 꽃잎 위에" 쌓이는 "또 다른 상아빛 꽃잎은" 눈발이다. 그것들이 서로 포개지며 겨울 정원을 꾸민다. "차갑게 떨리는 내 가지 위에/ 네 손이 지긋이 덮어올 때"도 그렇다. 혼자 버려져 있다는 소외와 외로움이 아닌, 안도감이 위안이 되는 순간이다. 우리는 "겹겹이 언 허공을 쓰다듬어오는/ 휘몰아치는 바람"의 불행과 고통에 마음이 쓰인다. 그 대상들을 기피하기보다는 오히려 더 가까이 가서 마음을 쓰고 "안타까이 다독이"려 한다. 이러한 마음의 풍경은 아차, 하는 순간과 아차, 하는 마음을 덮어주고 붙잡아주려는 '포개진다는 말'로 수렴된다.

시인의 지닌 공감과 연민의 마음은 "얼마나 많은 허공을 헤매어/ 너는 이 손을 갖게 되었을까"라는 절창에서 잘 드러난다. "차갑게 떨리는 내 가지"의 공포를 덮는 "한 가닥 온기"는 공감이라는 연결을 통해 적당한 기쁨과 위안을 부여한다. 우리가 타인의 불행을 접했을 때 단순히 고통스럽기만 하다면 최대한 그것을 회피하거나 벗어나려 하는데, 공감은 이것을 기피하지 않게 만든다. 시인은 시적 대상이 느끼고 있는 고통을 덜어줌으로써, 화자 자신도 위안을 얻을 수 있도록 촉구한다. 김군길 시인이 지니고 있는, 시의

힘이 발현되는 지점이 바로 여기다.

멀고 높은 하늘로 비상은 그려보아도
새가 가진 허공의 무게는 생각하지 않는다

우리가 새의 노래를 즐거이 찾아들 때
어느 높은 나무에 앉아 노래하는지는 보아도
어느 숲의 그늘에 깃드는지는 보지 않는다

그저 청아한 울음의 빛남에 감탄할 뿐
울음이 견뎌온 시간에 감탄하지 않는다

살다보면 새들도 싫은 나무에서 벌레를 잡아야 할 때
가 있고
불안한 가지에 앉아 꿈꿀 때가 있다

오늘 화장한 얼굴의 화사함 뒤에서
민낯의 헛웃음이 글썽인다

늘 진정한 행복을 찾는다면서
행복의 뜻조차 제대로 알지 못한다

새들이 노래하며 비상할 때
그 자태와 광휘 뒤 새 울음이 건너온
길고 깊은 시간은 들여다보지 않는다
    ―「새를 바라보는 법」 전문

이 시는 김군길 시인이 세계를 어떤 자세로 대하고 있는
지에 대해 보여준다. 그는 항상 시적 대상이 되는 세계의 풍
경과 그 안의 사물들에서, 자기 삶을 반성하게 하는 어떤 진
실을 발견할 준비가 되어 있는 마음가짐을 갖추고 있다. 그
러기에 새의 청아한 울음소리에서 "울음이 견뎌온 시간"을
찾아내고, "화장한 얼굴의 화사함 뒤에서/ 민낯의 헛웃음"
을 찾아낸다. 허공을 떠오르는 새의 아름다운 자태와 빛나
는 광휘 뒤에서 "길고 깊은 시간"을 찾는 시적 화자의 태도
는 삶의 진실을 찾고자 노력하는 성찰에서 기인한다. 자기
삶의 태도에 대한 반성이 전제되어있는 이러한 인식은 삶
에 대한 겸손과도 연결된다. 그리고 인간중심의 독재적 사
고에서 벗어나게 해준다. 풍경과 사물의 이면에서 삶의 진
리를 발견해내는 자세가 김군길 시인이 시를 쓰는 마음이
다. 그의 시에서 자주 목격되는 청유의 정서도 실은 자기 내
면을 향한 객관화된 반성의 시도에서 비롯된 것임도 문맥
에서 곧잘 드러난다.

모두가 "새의 노래를 즐거이" 들으려고만 하고, "행복의
뜻조차 제대로 알지" 못한 채 "진정한 행복을 찾는다"고 할
때 시적 화자는 그 누구도 미처 들여다보지 못한 "새가 가
진 허공의 무게"를 짐작한다. 시인은 항상 스스로 시적 풍
경 안에도 있고, 스스로 밖에도 있다. 그 안팎이 만나는 과
정에서 시인의 '삶'과 '자세'가 만들어지는데, 이때 스스로
를 반성하고 성찰하게 된다. 부박하고 비루한 현실에 처한
자아를 돌아보는 과정에서, 진실한 '나'를 찾는 순간이, 바
로 김군길 시인의 '시적 시간'이다.

김군길 시인은 '자기'를 찾고 말하는 데에 시의 단초를 둔

다. 모든 감정과 지각, 반성과 성찰은 시적인 것을 동반하게 된다. 시인은 자기 앞에 놓인 세계에 직접적 반응을 하고, 그에 상응하는 구체적 언어를 찾아 시를 발화시킨다. 언어와 더불어 자아를 힘겹게 부둥켜안고 가는 일은 시인의 운명과도 같다. 시인의 운명 혹은 시인의 길이라는 것은 스스로의 나르시시즘을 극복하고 그에 상응하는 시어를 찾는 일이다. 실제 이 일은 분리될 수 없다. 앞서 살펴본 김군길 시인의 작품을 통해서도 쉽게 알 수 있지만, 시가 자기 연민에 머물 때 시는 그저 감정의 분출에 그치고 만다. 하지만 현실의 삶에서 훼손되고 마모된 자신을 바라보는 자기 부정 혹은 자기 성찰의 힘이 클수록 타자를 향한 마음도 넓어진다. 김군길 시인이 세상을 바라보는 시선과 시적 순간이 그렇다.

이런 맥락에서 그가 지닌 시인의 마음과 자기 성찰의 면모를 살펴보자.

수많은 말의 성찬을 차렸으나
그대에겐 빈 콩깍지 같은 반찬뿐이어서
미안했다

때로는 지난한 상처를 깁는
바늘과 같은 소리가 되거나
가슴 밑바닥 일으키는
부리의 소리를 가지고 싶었으나

세상살이 허기진 그대에겐

불어터진 라면 같은 말뿐이어서
부끄러웠다

누구에게도 따뜻한 물 한 잔조차
되지 못하고 자폐아의 말처럼 어눌한
몽상가의 독백

토해내는 말 한 마디마다
간교한 혀를 가지고 싶었으나
그대에겐 마지못해 씹어보는
마른 칡 같은 말

결국 그대에게 나는
그저 그런 떠버리였을 뿐이다
―「시인의 길」전문

　시인이 「시인의 길」이란 제목을 붙일 정도로, 이 작품은 시인으로서의 정체성과 자기 고백적 성격이 강하다. 최근 우리 시단은 자기만의 고유한 개성으로 세계를 진지하게 타진하기보다는 몇몇의 특정한 테마나 경향에 집단 함몰되어 시의식의 누수나 빈곤 현상을 심하게 겪고 있다. 하지만 김군길 시인은 현재의 자기 동일성에 항상 의문을 제기하면서 새로운 ‘나’의 탐구와 구축에 적극적이다. 그는 자의식과 언어에 대한 고도의 관심과 자각을 통해 시의 본질에 가 닿으려는 의지와 열정이 충만하다. 창작의 고통이나 변명에 숨지 않고, 자기 한계에 절망하며 또다른 시적 성취에

가 닿는다.

　김군길 시인은 그대의 "지난한 상처를 깁는/ 바늘" 같은 시, 그대의 "가슴 밑바닥 일으키는/ 부리" 같은 시, 그리고 "누구에게나 따뜻한 물 한 잔"과 같은 시를 쓰는 일이, 시인으로서의 사명으로 여긴다. 그러나 한 시인이, 자신이 마주한 자아와 세계, 삶과 시의 온전히 일체를 이루기는 어렵다. 다만 그가 지향하는 시에 대한 진심의 높이와 깊이가 그가 마주하고 있는 존재와 세계에 고스란히 수렴된다. 스스로를 '떠버리'라고 낮추지만, 시인으로서 그대와의 만남과 교감을 희망하면서 불러일으킨, 일련의 사유와 감정이 과장되지 않게 섬세하고 풍부하게 채집되어 있다. 김군길 시에 대한 믿음과 신뢰가 축적되는 이유이기도 하다.

　그는 시인으로서의 사명을 깨닫고, 시인으로서의 체험에 의해 성취되는 '시인의 순간'을 이미 경험하고 있다. 자신의 삶과 자신의 시가 타자들과 맺는 관계를 살피는 섬세한 배려와 성찰은 이미 상투성을 벗어나 있다. 시의 본질과 몫을 정확히 파지하고 있는 시인의 의식은, 그가 '떠버리'가 아니라 시인으로서의 만개와 절정을 기대케 하는 또 다른 힘이 되고 있다.

　김군길 시인의 시적 힘은, 시집을 여는 「서시」에서 언급된 "나만의 특별한 길"에서도 충분히 느낄 수 있으며, 표제작 「나를 사랑하는 시간」에도 수렴된다. 시인은 "울고 웃던 광휘들은/ 기억 너머로 흩어져갔"지만 "지금 가진 몇 개의 안녕이/ 얼마나 나를 환하게 하는지" 뒤돌아본다. 자기 삶의 소회와 성찰을 통해 일상의 권태나 무의미보다는 오히려 이를 넘어서는 계기로 삼는다. 짐짓 위악의 포즈를 취하

면서 자아나 타자에 대한 스스로의 감정과 태도를 드러내
며 존재의 열패감 등을 호소할 만한데, 이런 방식은 김군길
시인에게 생래적으로 어울리지 않는 듯하다. 그는 자기 삶
에 대한 건강한 성찰을 통해 시인으로서의 자기 존재와 언
어에 대한 희망을 다듬는다. 이러한 자세는 자아를 둘러싼
세계 혹은 타자와의 소통을 원활하게 하고, 자아의 진정성
을 발생시키는 역할을 해낸다. 그래서 그의 시어는 위기를
과장하거나 위악의 천연덕스러움이 없다. 진솔하고 겸손한
김군길의 시어는 기만적 위안이나 술책이 아니라, 자기 삶
에 대한 긍정과 타자와의 소통을 활성화할 수 있는 성찰의
매개 역할을 훌륭하게 수행해 내고 있다. 그는 자신이 지닌
'안녕'이 오롯이 자신의 몫이 아님을 잘 알고 있다. 경험이
파괴되고 삶이 추상화되는 세계에서 김군길 시인이 보여주
는 이러한 시적 자세는 우리 시의 희망이 되기에 충분하다.

　시집『나를 사랑하는 시간』에 존재하는 것은 타자와 사물
과의 관계 속에 있는 것들이다. 사물과 타자 그리고 세계와
만나는 것은 시인으로서 피할 수 없는 숙명이다. 시인 김군
길은 세계의 자아화, 자아 동일성의 획득을 자신의 과업을
삼고 있다. 그래서 추상화되어 가는 사회에서 시를 통해 구
체성의 느낌을 회복하려 한다. 그의 시 행간에 스며있는 생
의 욕구와 활력이 이에 대한 부정할 수 없는 근거가 된다.
김군길 시인은 시인으로서의 자아를 성찰하며 삶에의 현존
이나 생존의 의미를 절박한 진실로 받아들인다. 그에게 이
세계는 그저 시적 대상에 머무는 것이 아니라, 자신의 전존
재를 거는 지평이 된다. 그리고 그것은 교감의 지평이기도

하다.

그의 시는 타자와의 교감에서 완성된다. 시인은 우리가 살아가는 현실 세계에서 본원적 감각을 깨우치는 언어를 통해 독자와 소통하며 새로운 사유를 만들어낸다. 자기만의 감정의 성채에 갇혀있기를 거부하고, 구체적인 삶과 존재의 활성화를 통해 생동하는 서사와 율동의 시를 얻어내려 노력하는 김군길 시인의 행보는 우리에게 많은 기대를 안겨준다. 그리고 우리는 그의 시가 현대적 삶을 소생시키는 활력으로 자리하기를 바라며, 그가 삶을 통해 지켜내는 시적 가치가 여전히 유효하고, 빛바래지 않는 의의를 오래 지닐 것을 응원하게 된다.

김 군 길

김군길 시인은 전남 나주에서 출생했고, 세 살 때부터 광주광역시에서 성장
했다. 광주고등학교와 한국방송통신대학을 졸업했고, 광주지방국세청 산하
국세공무원으로 약 36년간 근무했으며, 2016년 계간 『애지』 신인문학상으
로 등단했다.
김군길 시인의 첫 시집 『나를 사랑하는 시간』의 너무나도 진술하고 겸손한
시어는 기만적 위안이나 술책이 아니라, 자기 삶에 대한 긍정과 타자와의 소
통을 활성화할 수 있는 성찰의 매개 역할을 훌륭하게 수행해 내고 있다. 그
는 자신이 지닌 '안녕'이 오롯이 자신의 몫이 아님을 잘 알고 있다. 경험이 파
괴되고 삶이 추상화되는 세계에서 김군길 시인이 보여주는 이러한 시적 자
세는 우리 시의 희망이 되기에 충분하다.

이메일 rnsrlf8007 hanmail.net

김군길 시집
나를 사랑하는 시간

발　　행	2022년 12월 22일
지 은 이	김군길
펴 낸 이	반송림
편집디자인	반송림
펴 낸 곳	도서출판 지혜, 계간시전문지 애지
기획위원	반경환 이형권
주　　소	34624 대전광역시 동구 태전로 57, 2층 도서출판 지혜
전　　화	042-625-1140
팩　　스	042-627-1140
전자우편	eji@ji-hye.com
	ejisarang@hanmail.net
애지카페	cafe.daum.net/ejiliterature

ISBN : 979-11-5728-497-9 03810
값 10,000원